I0556884

حكاية غانم بن التاجر أيوب

الجزء السابع

من قصص ألف ليلة وليلة

جمع وتحرير: رأفت علام

مكتبة المشرق الإلكترونية

صدر في أكتوبر ٢٠١٨ عن مكتبة المشرق الإلكترونية – مصر

تحديث أغسطس ٢٠٢٣

Table of Contents

1

يُحكى أن تاجرًا من التجار اسمه أيوب كان ثريًّا، وله ولد كأنه البدر في جماله؛ فصيح اللسان، يُدعى غانم بن أيوب المتيم، وبنتٌ تُدعى فُتنة من فرط جَمالها، لكن هذا التاجر توفِّي وترك لهما ثروةً كبيرةً؛ تتراوح بين مئة حمل من الخَزِّ، والديباج، ونوافج المِسك، وكان مكتوبًا على هذه الأحمال (هذا بقصد بغداد)، وكان المقصود من ذلك أن يسافر إلى بغداد، فلمَّا وافته المنية ومضت مدة؛ أخذ ولده غانم هذه الأحمال ونوى السفر بها إلى بغداد، وكان ذلك في عهد هارون الرشيد، وودَّع أمه، وأقرباءه، وأهل بلدته، وخرج متوكلًا على الله تعالى بصُحبة جماعة من التجار فاستأجر له دارًا، وفرشها بالبُسط والوسائد، وأسدل عليها الستائر، وأنزل فيها هذه الأحمال، والبغال، والجِمال، وجلس حتى استراح، وسلم عليه تجار بغداد وأكابرُها، ثم أخذ بُقجة فيها عشرة تفاصيل من القُماش النفيس مكتوبًا عليها أثمانُها، ونزل بها إلى سوق التجار فاستقبلوه مُرحِّبين، وسلموا عليه، وأكرموه، وأنزلوه على دكان شيخ السوق فباع كل ما معه من قُماش، وربح على كل دينار دينارين؛ ففرح، وصار شيئًا فشيئًا يبيع القُماش والتفاصيل، واستمر على هذه الحال سنة، وفي السنة الثانية جاء إلى هذا السوق فوجد بابه موصدًا؛ فسأل عن السبب فقيل له:

- إن أحد التجار توفِّيَ، وذهب الباقون ليشيعوا جنازته؛ فهل لك أن تكسب أجرًا وتنال ثوابًا وتمشي معهم؟

فقال:

- نعم.

ثم سأل عن مكان الجنازة فدلوه عليها؛ فتوضأ، ثم مشى مع المُشيعين إلى أن وصلوا إلى المسجد، وصلّوا عليه، ثم مشى التجار جميعهم أمام الجنازة إلى المقبرة؛ فتبعهم غانم إلى أن وصلوا بها لخارج المدينة، ومشوا بين المقابر حتى وصلوا إلى المدفن؛ فوجدوا أهل المتوفَّى قد نصبوا على القبر خَيْمة، وأحضروا الشموع والقناديل، ثم دفنوه، وجلس القُراء يقرأون؛ فجلس التجار وهو معهم، وقد غلب عليه الحياءُ؛ فقال في نفسه:

- لم أستطع أن أفارقهم حتى انصرف معهم.

ثم جلسوا يستمعون للقرآن إلى وقت العِشاء فقدموا لهم العَشاء والحلوى؛ فأكلوا حتى شبعوا، وغسلوا أيديهم، ثم جلسوا مكانهم؛ فانشغل غانم على ببضاعته، وخاف عليها من سطو اللصوص، وقال في نفسه:

- أنا رجل غريب وثريٌّ؛ فإن بِتُّ الليلة بعيدًا عن داري سرقها اللصوص بما فيها من مالٍ وأحمالٍ.

فقام وخرج من بين الجماعة، واستأذنهم على أنه سيقضي حاجة؛ فأخذ يمشي، ويتتبع آثار الطريق حتى جاء إلى باب المدينة، وكان في منتصف الليل؛ فوجده موصدًا، ولم يرَ أي أحد مطلقًا، ولم يسمع صوتًا سوى نباح الكلاب، وعَوِيَ الذئاب؛ فقال:

- لا حول ولا قوة إلا بالله، كنت خائفًا على مالي وجئتُ من أجله فوجدت الباب مغلقًا فصرتُ الآن خائفًا على نفسي.
ثم أخذ يبحث له عن مكان يبيت فيه إلى الصباح؛ فوجد تُربة محوطة بأربعة حيطان، وفيها نخلة، وبابها مفتوح فدخلها وأغلق الباب وراءه، وأراد أن ينام فحال الخوف بينه وبين ذلك، وأخذته رجفة ووَحْشة وهو بين القبور فهبَّ واقفًا، وفتح الباب، ونظر فإذا به يرى نورًا يلوح من بعيد، من ناحية المدينة؛ فمشى قليلًا فرأى النور مُقبلًا في الطريق التي توصِّل إلى التربة التي هو فيها فخاف وارتعد، وأسرع برد الباب، وتعلَّق حتى صعد فوق النخلة، وتوارى في قلبها عن الأنظار؛ فصار النور يدنو أكثر وأكثر؛ فتأمل فإذا به يرى ثلاثة عبيد: اثنيْنِ حامليْن صُندوقًا، وثالثًا يحمل في يده فأسًا وفانوسًا؛ فلمَّا اقتربوا من التربة قال أحد العبدين الحاملين الصندوق:
- ويلك يا صواب!
فقال العبد الآخر:
- ما لك يا كافور؟
فقال:
- إنَّا كنا هنا وقت العشاء وتركنا الباب مفتوحًا.
فقال:
- نعم، هذا الكلام صحيح.
فقال:
- وها هو الآن مغلق.
فقال لهما الثالث وهو حامل الفأس والفانوس وكان يُدعى بخيتًا:
- صدق من قال إن أصحاب العقول في راحة! أما تعرفانِ أن المُزارعين يخرجون من بغداد، ويترددون على هذه المقابر فيمسي عليهم المساء، فيدخلون هنا ويغلقون عليهم الباب؛ خوفًا من السودان أمثالنا أن يأخذوهم، ويشووهم، ويأكلوهم؟
فقالا له:
- صدقتَ، وما فينا أقل عقلًا منك.
فقال لهما:
- إنكما لم تصدقاني حتى ندخل التربة ونجد فيها أحدهم، وأظن أنه كان موجودًا، ولمَّا رأى النور هرب فوق النخلة.
فلمَّا سمع غانم كلام العبيد قال في نفسه:
- ما أمكر هذا العبد! قبَّح الله السودان لما فيهم من الخبث واللؤم.
ثم قال:
- لا حول ولا قوة إلا بالله العلي العظيم، وما الذي يخلصني من هذه الورطة.
ثم إن الاثنين حاملي الصندوق قالا لمن معه الفأس:
- تعلق على الحائط، وافتح الباب لنا يا صواب؛ لأننا تعبنا من حمل الصندوق على رَقبتينا؛ فإذا فتحتَ لنا الباب أعطيناك واحدًا من الذين نُمسكهم فنقليه لك قليًا جيدًا؛ بحيث لا يضيع من دهنه شيء!

فقال صواب:
- أنا خائف من شيء تذكرته من قلة عقل، وهو أننا نرمي الصندوق وراء الباب لأنه ذخيرتنا.
فقالا له:
- إن رميناه ينكسر؛
فقال:
- أنا جربت أن يكون داخل التربة اللصوص الذين يقتلون الناس، ويسرقون أموالهم؛ لأنهم إذا أمسى عليهم الوقت يدخلون هذه الأماكن ويقسمون معهم..
فقال له حاملا الصندوق:
- يا قليل العقل، هل يستطيعون دخول هذا المكان؟
فحملا الصندوق، وتعلقا على الحائط، ونزلا، وفتحا الباب، والخبيث بالثالث يقف لهما بالفانوس، ثم جلسوا وأوصدوا الباب؛ فقال أحدهم:
- يا إخوتي، لقد تعبنا من المشي، والحمل، وفتح الباب وإغلاقه، ونحن في منتصف الليل، ولم نعد نحتمل فتح الباب وإغلاقه، ودفن الصندوق، فهلّا جلسنا هنا ثلاث ساعات لنستريح، ثم نقوم، ونقضي حاجتنا؟
فقال أحدهم:
- سأحكي لكم قصتي كي نتسلى.
لقد كنت ابن ثماني سنين، لكنني كنت أكذب على الجلابة كل سنة كذبة؛ حتى يقعوا مع بعضهم؛ فانتاب الجلاب القلق مني، وأنزلني في يد الدلال، وأمره بأن ينادي:
- من يشتري هذا العبد على عيبه؟
فقيل له:
- وما عيبه؟
قال:
- يكذب في كل سنة كذبة واحدة.
فتقدَّم رجل يعمل تاجرًا إلى الدلال، وقال له:
- بكم درهمًا تبيع في هذا العبد من ثمنٍ على عيبه؟
قال:
- ستمائة درهم.
قال:
- ولك عشرون.
فجمع بينه وبين الجلاب، وقبض منه الدراهم، وأوصلني الدلال إلى منزل ذلك التاجر وأخذ دلالته؛ فكساني هذا التاجر، ومكثتُ عنده سنتين إلى أن هلت السنة الثالثة بالخير، وكانت سنة مباركة؛ فصار التجار يُقيمون المآدب بينهم بالتوالي، إلى أن جاء الدور على سيدي في بستان يقع خارج البلد؛ فذهب هو والتجار، وأخذ لهم ما يحتاجون إليه من أكل وغيره؛ فجلسوا يأكلون، ويشربون، ويتنادمون إلى وقت الظهيرة؛ فاحتاج سيدي إلى شيء من البيت؛ فقال:

- يا عبد، اركب البغلة واذهب إلى بيتي، وهاتِ من سيدتك ما سأقوله لك، وعُدْ سريعًا.
فامتثلت أمره، وذهبتُ إلى البيت، وأخبرتهم بأن سيدي جلس تحت الحائط لقضاء حاجة فوقع عليه الحائط ومات؛ فلمَّا سمع أولاده وزوجته هذا الكلام صرخوا، وشقوا الثياب، ولطموا الوجوه؛ فأتى إليهم الجيران.. أمَّا زوجة سيدي فقد قلبت متاع البيت، وخلعت رفوفه، وكسرت شبابيكه، وسخمت حيطانه بطين ونيلة، وقالت:
- ويلك يا كافور! تعالَ ساعدني، وكسِّر هذه الأواني، والصيني.
فجئتُ إليها، وأخرجت معها رفوف البيت، وأتلفت ما عليها، وخرَّبت دواليبه، وأتلفت ما فيها، وحطمت السقوف، حتى أخرجت الجميع، وأنا أصيح:
- وا سيداه!
ثم خرجت سيدتي مكشوفة الوجه بغطاء رأسها لا غير، وخرج معها البنات والأولاد، وقالوا:
- يا كافور، امشِ وأرِنا مكان سيدك الذي مات فيه تحت الحائط؛ حتى نخرجه من تحت الردم، ونحمله في تابوت، ونجيء به إلى البيت فنُخرجه خَرجةً مليحةً.
فمشيت أمامهم وأنا أصيح:
- وا سيداه! وهُم خلفي مكشوفو الوجوه والرءوس يصيحون:
- وا مصيبتاه! وا نكبتاه!
فلم يبقَ أحد من الرجال أو النساء أو الصبيان أو العجائز إلا جاءت معنا، وأخذوا كلهم يلطمون وهم في شدة البكاء؛ فمشيت بهم في المدينة؛ فسأل الناس عن الخبر فأخبروهم بما سمعوا مني؛ فقال الناس:
- لا حول ولا قوة إلا بالله العلي العظيم، إننا نمضي للوالي ونُخبره.
فلما وصلوا إلى الوالي أخبروه؛ فقام الوالي، وأخذ معه الفعلة بالمساحي والقفف، ومشوا تابعين أثري، وأنا أبكي وأصيح، وأحثو التراب على رأسي، وألطم على وجهي؛ فلما دخلت عليهم ورآني سيدي شحب وجهه، وقال:
- ما لك يا كافور؟ وما هذا الحال؟ وما الخبر؟
فقلت له:
- إنك لما أرسلتني إلى البيت لأجيء لك بالذي طلبته؛ رأيت حائط القاعة قد وقع فانهدمت القاعة كلها على سيدتي وأولادها.
فقال لي:
- وهل سلمت سيدتك؟
فقلتُ:
- لا. ما سلم منهم أحد، وأول من مات منهم سيدتي الكبيرة.
فقال:
- وهل سلمت ابنتي الصغيرة؟
فقلتُ:
- لا.
فقال لي:

- وما حال البغلة التي أركبها؟
فقلت له:
- لم تسلم يا سيدي. فإن حيطان البيت والإصطبل انطبقت على كل ما في البيت حتى على الغنم، والإوز، والدجاج، وصارت كلها كوم لحم تحت التراب.
فقال لي:
- ولا سيدك الكبير؟
فقلت له:
- لا. فلم يسلم منهم أحد، وفي هذه الساعة لم يبق من ذلك كله أثر، أمَّا الغنم والإوز والدجاج فكلها أكلتها القطط والكلاب.
فلمَّا سمع سيدي كلامي تجهَّم وجهه، ولم يستطع أن يتمالك نفسه، وعجز عن الوقوف على قدميه، وانكسر ظهره، ومزق ثيابه، ونتف لحيته، ولطم على وجهه، ورمى عمامته، وما زال يلطم وجهه حتى سال منه الدم، وأخذ يصيح:
- آآآآآه، وا أولاداه! آآآآآه، وا زوجتاه! آآآآآه، وا مصيبتاه! من أصابه مثل ما أصابني؟
فصاح رفقاؤه لصياحه، وبكوا معه، ورثوا لحاله، وشقوا أثوابهم.. وخرج سيدي من هذا البستان وهو يلطم من فرط ما جرى له، وأكثر اللطم على وجهه، وسار كأنه سكران، وبينما تخرج الجماعة من باب البستان فإذا بهم يشاهدون غبرة شديدة، ويسمعون صياحات مزعجة؛ فنظروا إلى هذه الجهة فرأوا الجماعة المُقبلين، وهم الوالي وجماعته، والناس، والذين يتفرجون، وأهل التاجر وراءهم يصرخون ويصيحون وهم في بكاء وحزن شديديْنِ، وأول من قابل سيدي زوجته وأولادها فلما رآهم ضحك، وقال لهم:
- ما حالكم أنتم؟ وماذا حدث في الدار؟ وما جرى لكم؟
فلما رأوه قالوا:
- الحمد لله على سلامتك أنتَ.
ورموا أنفسهم عليه، وتعلق أولاده به، وصاحوا:
- وا أبتاه! الحمد لله على سلامتك يا أبانا.
وقالت له زوجته:
- الحمد لله الذي أرانا وجهك بسلامة.
وقد اندهشت وطار عقلها لما رأته، وقالت له:
- كيف كانت سلامتك أنت ورفقائك؟
فقال لها:
- وكيف كان حالكم في الدار؟
فقالوا:
- نحن بخير وعافية، وما أصاب دارنا شيءٌ من الشر غير أن كافورًا جاء إلينا ممزق الثياب وهو يصيح: وا سيداه.. وا سيداه! فقلنا له: ما الخبر يا كافور؟ فقال: إن سيدي جلس تحت حائط في البستان ليقضي حاجة فوقع عليه فمات.
فقال لهم سيده:

- واللهِ إنه أتاني في تلك الساعة وهو يصيح: وا سيدتاه! وقال إن سيدتي وأولادها ماتوا جميعًا، ثم نظر إلى جانبه فرآني وعمامتي ساقطة، وأنا أصيح، وأبكي بكاءً شديدًا، وأحثو التراب على رأسي..
فصرخ عليَّ فأقبلت عليه؛ فقال لي:
- ويلك يا عبد النحس! يا ملعون! ما كل هذه الوقائع التي فعلتها؟! لكن واللهِ لأسلخن جلدك، وأقطعن لحمك.
فقلت:
- واللهِ ما تستطيع أن تفعل معي شيئًا؛ لأنك اشتريتني على عيبي، وهو أنني أكذب كل سنة كذبةً واحدةً، وهذه نصف كذبة؛ فإذا أكملت السنة كذبت نصفها الآخر فتصبح كذبة واحدة.
فصاح عليَّ:
- يا ألعن العبيد، هل هذا كله نصف كذبة أم مصيبة كبيرة؟
وهنا ضحك عليه العبدان، وقالا له:
- إنك خبيث ابن خبيث، قد كذبت كذبًا شنيعًا..
وقالوا لبعضهم:
- ربما تشرق الشمس علينا ومعنا هذا الصندوق فينفضح أمرنا، وتُزهق أرواحنا.. ثم تعلق أحدهم ونزل من الحائط وفتح الباب فدخلوا، وحفروا حفرة بحجم الصندوق بين أربعة قبور، وأخذ كافور يحفر، وصواب ينقل التراب بالقفف إلى أن حفروا نصف قامة، ثم وضعوا الصندوق في الحفرة، وردوا عليه التراب مرة أخرى، وخرجوا وردوا الباب، وغابوا عن عين غانم..

2

فلما خلا له المكان، واطمأن، شغله أمر الصندوق، وقال في نفسه:
- ماذا به يا تُرَى؟
ثم كشفه، وأخذ حجرًا وضرب القُفل فكسره، وكشف الغطاء، ونظر فرأى به صبية ذات حُسن وجَمال نائمة تتنفس إلا أنها فاقدة الوعي، وعليها حلي ومَصاغ، وقلائد تساوي مُلك السلطان؛ فلما رآها غانم عرف أنهم تغامزوا عليها، فلمَّا تحقق من هذا الأمر أخذ يعالجها حتى أخرجها من الصندوق، وأرقدها على ظهرها، فلما استنشقت الهواء في مُنخارها عطست، ثم شرقت، وسعلت فوقع من فمها قرص مخدر، ففتحت عينيها واستدارت، وقالت:
- صبيحة، شجر الدر، نور الهدى، نجمة الصبح، أنتُنَّ في نزهة لطيفة، تكلمن.
فلم يُجبها أحد؛ فجالت بطرفها وقالت:
- ويلي، من جاء بي إلى هنا، ووضعني بين أربعة قبور؟!
فقال لها غانم:
- يا سيدتي، أنا عبدك غانم بن أيوب، وقد ساقه الله إليك علَّام الغيوب؛ حتى يُنجيك من هذه الكروب.
ثم سكت.. فلما تحققت هي من الأمر قالت:
- أشهد أن لا إله إلا الله وأشهد أن محمدًا رسول الله.
والتفتت إليه، وقالت له بعذوبة:
- أيها الشاب الطيب، قل لي من جاء بي إلى هذا المكان؟ فها أنا قد أفقتُ؟
فقال:
- سيدتي، ثلاثة عبيد أتوا وهم حاملون هذا الصندوق.
ثم حكى لها ما جرى، وكيف أمسى عليه المساء حتى كان طوق نجاتها، ثم سألها عن حكايتها فقالت له:
- أيها الشاب، الحمد لله الذي أرسلك لي؛ فقم الآن وضَعْني في الصندوق، واذهب بي إلى بيتك؛ فإذا صِرتُ في دارك كان خيرًا لي، وسأحكي لك قصتي، وتنال كل الخير مني.
ففرح، وخرج، وقد شعشع النهار، وأشرقت الشمس، وخرج الناس، فاستأجر رجلًا ببغل، وأتى به إلى التربة فحمل الصندوق بعدما وضع فيه الصبية، ووقعت محبتُها في قلبه، وسار بها تغمره السعادة؛ لأنها جارية تساوي عشرة آلاف دينار، وعليها حلي ومَصاغ لا يقدر بثمن.. وما إن وصل إلى داره حتى أنزل الصندوق، وفتحه، وأخرجها منه، ونظرت فرأت بيته جميلًا، مفروشًا بالبُسط الملونة، ورأت قُماشًا، وأحمالًا، وغير ذلك؛ فعلمت أنه ثري، ثم كشفت عن وجهها، ونظرت إليه فإذا هو شاب وسيم، فلما رأته أحبته، وقالت له:
- ألديك شيء نأكله؟
فقال لها غانم:

- على الرحب والسعة.
ثم نزل إلى السوق، واشترى خروفًا مشويًّا، وحلوى، وشمعًا، ونبيذًا، وكل ما يحتاج إليه، وعاد إلى بيته، ودخل.. فلما رأته ضحكت، وقبَّلته، وعانقته، وصارت تلاطفه؛ فازدادت محبتها في قلبه، ثم أكلا وشرِبا، وقد أحب بعضهما بعضًا.. فلما أقبل الليل، قام المتيم غانم بن أيوب فأوقد الشموع، والقناديل؛ وأحضر كأس الخمر، وجلس هو وهي، فكان يملأ ويسقيها، وهي تملأ وتسقيه، وهما يلعبان، ويضحكان، وينشدان الأشعار، وقد تعلق كل منهما بالآخر؛ فسبحان مؤلف القلوب.. وظلا هكذا حتى الصباح؛ فغلب عليهما النوم؛ فنام كل منهما على موضعه إلى أن تنفَّس الصبح؛ فقام غانم، ثم خرج إلى السوق، واشترى ما يحتاج إليه من لحم، وخمر، وغيرهما، وأتى به إلى بيته، وجلس هو وهي يأكلان، فأكلا حتى امتلأ.. وبعد ذلك، أحضر الشراب، وشرِبا، ولعبا، حتى احمرَّت وجنتاهما، واسودت أعينهما؛ فقال لها:
- سيدتي، لقد وقعت في حبك، وأنا بكِ متيم؛ فهل لي بقبلة تطفئ لهيب حبي لكِ؟
فقالت:
- يا غانم، اصبر حتى تعرف قصتي.
فانكسر خاطره؛ فأنشدت:

سألت من أمر ضني — في قبلة تشفي السقم
فقال لا لا أبدا — قلت له نعم نعم
فقالت خذها بالرضا — من الحلال وابتسم
فقلت غصبًا قال لا — إلا سماحا وكرم
فلا تسل عما جرى — واستغفر الله ونم
فظن ما شئت بنا — فالحب يحلو بالتهم

ثم زادت محبته لها، وهي تتمنع وتقول:
- لا يمكنك أن تصل إليَّ!
ولم يزالا في عشقهما، وغانم بن أيوب غريق في بحر العشق.. أما هي فقد ازدادت امتناعًا، إلى أن جَنَّ الليل، وداعب جفنيْها النوم؛ فقام غانم وأشعل القناديل وأوقد الشموع، وقال:
- سيدتي، ارحمي أسير هواكِ، ومن قتلت عيناكِ، كنت سليم القلب لولاكِ.
ثم بكى قليلًا؛ فقالت:
- أنا واللهِ بكَ مُتعلقة، ولكن لا يمكنك أن تصل إليَّ!
فقال لها:
- وما المانع؟
فقالت له:
- سأحكي لك هذه الليلة قصتي حتى تقبل عُذري.
ثم ألقت بنفسها عليه، وطوقت رقبته بيديها، ولم يزالا يلعبان ويضحكان، إلا أنه كلما طلب منها الوصال تعززت، وقد تمكن الحب منهما، ولم يطيقا صبرًا؛ فقالت له:
- سأوضح لك أمري حتى تعرف قدري، وينكشف لك عُذري.

قال:
- نعم،
فشقت ذيل قميصها، ومدت يدها إلى طرف سروالها وقالت:
- يا سيدي، اقرأ ما على هذا الطرف.
فأخذ الطرف في يده، ونظره؛ فوجده مرقومًا عليه بالذهب:
- أنا لكَ وأنتَ لي يا سلطان البلاد.
فلما قرأه أبعد يده وقال لها:
- اكشفي لي عن حقيقتك!
قالت:
- أنا محظية السلطان، واسمي قوت القلوب، وإن سلطان البلاد لمَّا رباني في قصره وكبرت نظر إلى صفاء نفسي وجَمالي فأحبني حبًّا جمًّا، وأسكنني في جناح بالقصر، وأمر لي بعَشر جوارٍ يخدمنني، ثم أعطاني ذلك المَصاغ الذي تراه، لكنه سافر ذات يوم إلى أحد البُلدان؛ فجاءت ابنة عمه إلى بعض الجواري اللاتي في خدمتي، وقالت لإحداهن:
- إذا نامت قوت القلوب فضعي هذا المخدر في أنفها أو في شرابها، ولكِ من المال ما يكفيكِ؛
فقالت لها الجارية:
- سمعًا وطاعةً.
ثم أخذت المخدر منها تغمرها فرحة المال، ولكونها كانت في الأصل جاريتها، فجاءت إليَّ ووضعت قرص المخدر في جوفي فسقطتُ، وصار رأسي عند رجلي، ورأيت نفسي في دُنيا غير الدنيا، ولمَّا تمت حيلتها وضعتني في هذا الصندوق، وأحضرت العبيد سرًّا، وأرسلتني معهم في الليلة التي كنت نائمًا أنتَ فيها فوق النخلة، وفعلوا بي ما فعلوا، وكانت نجاتي على يديك، وقد أتيت بي إلى هذه الدار، وأحسنت إليَّ غاية الإحسان.. وهذه قصتي، ولا أدري ما الذي جرى لسلطان البلاد في غيبتي؛ فاعرف قدري، ولا تفضح أمري..
فلمَّا سمع غانم بن أيوب كلامها، وتحقق من أمرها تراجع خوفًا من هيبة السلطان، وجلس وحده يعاتب نفسه، ويتأمل حاله، وصار حائرًا في أمر عشق مَن لن يستطيع الوصول إليها؛ فبكى من فرط غرامه، ولوعته، وأخذ يشكو زمانه؛ فسبحان من شغل قلوب الكرام بالمحبة، وأخذ ينشد هذين البيتين:

قلب المحب على الأحباب متعوب　　　وعقله مع بديع الحسن منهوب
وقائل قال لي ما المحب قلت له　　　الحب عذب ولكن فيه تعذيب

وعند ذلك قامت إليه واحتضنته وقبَّلته؛ فقد شغفها حُبًّا، وباحت له بسرها، وهو يتمنع عنها خوفًا من السلطان، ثم تحدثا ساعة وهما غريقان في بحر حبهما، إلى أن تنفَّس الصبح؛ فقام غانم ولبس ثيابه، وخرج إلى السوق، كعادته، وأخذ ما يحتاج إليه، وعاد إلى البيت فوجدها تبكي؛ فلما رأته سكتت عن البكاء، وتبسمت له وقالت:

- يا حبيبي، واللهِ إن هذه الساعة التي قضيتها وأنت بعيد عني مرت كسنةٍ؛ فلا أستطيع فراقك، وها أنا قد بينتُ لك حالي من فرط ولعي بك؛ فقُم الآن ودع ما كان، وافعل ما شئت بي!
فقال لها:
- أعوذ بالله، إن هذا شيء لا يكون؛ فكيف يجلس الكلب في موضع السبع، والذي لسيدي محرم عليَّ أن أقربه.
ثم ابتعد عنها، وجلس في ناحية، وزادت محبتها له بامتناعه عنها، ثم جلست إلى جواره، ونادمته، ولاعبته فسكرا، وغنت مُنشدةً هذه الأبيات:

قلب المتيم كاد أن يتفتت ... فإلى متى هذا الصدود إلى متى
يا مُعْرِضًا عني بغير جناية ... فعوائد الغزلان أن تتلفتا
صد وهجر زائد وصبابة ... ما كل هذا الأمر يحمله الفتى

فبكى غانم، وبكت هي لبكائه، ولم يزالا يشربان إلى الليل، ثم قام وفرش فرشين، كل فرش على حدة؛ فقالت له:
- لمن الفرش الثاني هذا؟
فقال لها:
- هذا لي والآخر لكِ، ومن الليلة لا ننام إلا على هذا الشكل، وكل شيء للسيد حرام على العبد.
فقالت:
- يا سيدي، دعنا من هذا، وكل شيء يجري بقضاء وقدر.
فأبَى.. فاشتعل قلبها، وزاد ولعها به، وقالت:
- واللهِ ما ننام إلا معًا.
فقال:
- معاذ الله.
ونام وحده حتى الصباح؛ فزاد بها العشق، واشتد بها الهيام، وأقاما على ذلك ثلاثة أشهر، وكلما اقتربت منه كان يمتنع عنها ويقول:
- كل ما هو خاص بمولاي حرام علي!
فلما طال هذا الأمر، وزادت بها الشجون والكروب؛ أنشدت هذه الأبيات:

بديع الحسن كما هذا التجني ... ومن أغراك بالإعراض عني
حويت من الرشاقة كل معنى ... وحويت من الملاحة كل فن
وأجريت الغرام لكل قلب ... وكللت السهاد بكل جفن
وأعرف قلبك الأغصان تجني ... فيا غصن الأراك أراك تجني
وعهدي بالظبا صيد فمالي ... أراك تصيد أرباب المجن
وأعجب ما أحدث عنك أني ... فتنت وأنت لم تعلم بأني
فلا تسمح بوصلك لي فإني ... أغار عليك منك فكيف مني
ولست بقائل ما دمت حيًّا ... بديع الحسن كما هذا التجني

وأقاما على هذه الحال مدة، والخوف يمنعه عنها؛ فهذا ما كان من أمره..

3

أما ما كان من أمر ابنة عم السلطان فإنها فعلت ما فعلت بقوت القلوب وهو غائب، ثم أخذت تقول في نفسها:

- ماذا أقول للسلطان حينما يعود؟ وما يكون ردي عليه؟

فدعت بعجوز كانت عندها وأطلعتها على سرها، وقالت لها:

- كيف أفعل وقد حدث ما حدث؟

فقالت لها العجوز لمَّا تفهمت الأمر:

- اعلمي يا سيدتي أن مجيء السلطان قد اقترب؛ فأرسلي إلى النجار واطلبي منه أن يصنع شكل ميت من خشب، واحفروا له قبرًا، وتوقد حوله الشموع والقناديل، وقولي لكل من في القصر أن يتشحوا بالسواد، ولجواريكِ وخُدامكِ إذا علموا بمجيء السلطان أن يشيعوا الحزن في الدهليز؛ فإذا دخل وسأل عن الخبر يقولون إن قوت القلوب ماتت، ويعظم الله أجرك فيها، ومن معزتها عند سيدتنا دفنتها في قصرها؛ فإذا سمع ذلك يبكي، ثم يسهر القُراء على قبرها؛ فإن قال في نفسه إن بنت عمي سعت من شدة غيرتها لهلاك قوت القلوب أو غلب عليه الهيام؛ فأمر بإخراجها من القبر فلا ينتابك القلق ولا يتملكك الخوف من ذلك، ولو حفروا على هذا الشكل الذي على هيئة ابن آدم، وأخرجوها وهي مكفنة بالأكفان الفاخرة، فإن أراد إزالة الأكفان عنها لينظرها فامنعيه أنتِ من ذلك وتمنعه غيرك، وتقول: رؤية عورتها حرام؛ فيصدق حينئذ أنها ماتت، ويردها إلى مكانها، ويشكرك على فعلك، وتكتب لكِ النجاة من هذا المأزِق إن شاء الله تعالى..

فلمَّا سمعت ابنة عمه كلامها ورأته صوابًا؛ أمرتها بأن تفعل ذلك بعدما أعطتها مالًا كثيرًا؛ فشرعت العجوز في ذلك الأمر في التوِّ واللحظة، وأمرت النجار بأن يصنع لها صورة كما ذكرنا وبعد إتمامها جاءت بها إلى ابنة عم السلطان فكفنتها، وأوقدت الشموع والقناديل، وفرشت البُسط حول القبر، واتشحت بالسواد، وأمرت الجواري أن يتشحن هن أيضًا بالسواد، وانتشر الخبر في القصر بأن قوت القلوب ماتت، ثم بعد مدة أقبل السلطان من سفره، ودخل قصره فرأى الغلمان، والخدام، والجواري كلهم متشحين بالسواد فارتجف قلبه؛ فلما دخل على ابنة عمه رآها متشحة هي الأخرى بالسواد؛ فسأل عن ذلك فأخبروه بموت قوت القلوب، فوقع مغشيًا عليه، فلما أفاق سأل عن قبرها فقالت له ابنة عمه:

- اعلم أيها السلطان أنني من مَعزتها عندي دفنتها في قصري.

فدخل السلطان بثياب السفر إلى قصرها ليزور قوت القلوب فوجد البُسط مفروشة، والشموع والقناديل موقدة؛ فلما رأى ذلك شكرها على فِعلها، ثم صار حائرًا في أمره بين مُصدقٍ وغير مُصدقٍ، فلمَّا غلبه الوسواس أمر بحفر القبر وإخراجها منه؛ فلما رأى الكفن، وأراد أن يُزيلَه عنها ليراها خاف من الله تعالى؛ فقالت العجوز:

- ردوها إلى مكانها.

ثم أمر السلطان في الحال بإحضار المُقرئين، وقرءوا على قبرها، وجلس هو بجانب قبرها يبكي، وظل هكذا شهرًا كاملًا!

أدخل السلطان الحريم بعد انفضاض الوزراء والأمراء من بين يديه إلى بيوتهن، ونام ساعة؛ فجلست عند رأسه جارية، وعند رجليه جارية، وبعد أن تنبه وفتح عينيه سمع الجارية التي عند رأسه تقول للتي عند رجليه:

- ويلكِ يا خيزران!

قالت:

- لأي شيء يا قضيب؟

قالت لها:

- إن مولانا لا يعلم بما جرى، حتى إنه يسهر على قبرٍ لم يكن فيه إلا صورة.

فقالت لها الأخرى:

- وقوت القلوب، أي شيء أصابها؟

فقالت:

- ابنة عم السلطان أعطت إحدى الجواري مُخدرًا، وخدرتها، فلما تحكَّم منها المخدر وضعتها في صندوق، وأرسلتها مع العبدين صواب وكافور، وأمرتهما بأن يرمياها في التربة.

فقالت خيزران:

- ويلك يا قضيب! هل السيدة قوت القلوب حية تُرزق؟

فقالت:

- نعم، ولكنني سمعت ابنة عم السلطان تقول إنها في دار تاجر شاب يُدعى غانم الدمشقي منذ أربعة أشهر، والسلطان يبكي، ويسهر الليالي على قبرٍ فارغ.

وصارتا تتحدثان بهذا الحديث والسلطان يسمع كلامهما. فلما فرغتا من حديثهما، وتبين الأمر، وأن هذا القبر زُورٌ، وأن قوت القلوب موجودة لدى غانم بن أيوب منذ أربعة أشهر، غضب السلطان غضبًا شديدًا، وقام، وأحضر وزراء دولته وأمراءها، وعند ذلك أقبل الوزير جعفر البرمكي وقبَّل الأرض بين يديه، فقال له السلطان وقد استشاط غيظًا:

- انزل يا جعفر ومعك بعض الرجال، واسأل عن بيت غانم بن أيوب، واهجموا على داره، وآتوني بجاريتي قوت القلوب، ولا بُدَّ أن أعدمه.

فأجابه جعفر:

- سمعًا وطاعةً..

ونزل هو وأتباعه والوالي صحبته إلى أن وصلوا لدار غانم الذي كان قد خرج في ذلك الوقت، وجاء بقدر لحم، وأراد أن يمد يده ليأكل منها هو وقوت القلوب؛ فإذا به يلتفت ليرى الوزير، والوالي، والظلمة، والمماليك قد أحاطوا بداره شاهرين سيوفهم، ويحوطونها كما يحوط بالعين السواد، وعند ذلك عرفت أن خبرها قد وصل إلى السلطان؛ فأيقنت بهلاكها، وشحب وجهها، وتغيرت ملامحها، ثم نظرت إلى غانم، وقالت له:

- اهرب يا حبيبي.
فقال لها:
- ماذا عساي أن أفعل؟ وإلى أين أذهب ومالي وما أملك بهذه الدار؟
فقالت له:
- اهرب؛ حتى لا تهلك، ويذهب مالك.
فقال لها:
- يا حبيبتي، كيف أخرج وقد أحاطوا بنا من كل جانب؟
فقالت له:
- لا تخف.
ثم نزعت ما عليه من ثياب، وألبسته أسْمَالًا، وأخذت قِدر اللحم، ووضعتها فوق رأسه، ووضعت بها خبزًا وبعض الطعام، وقالت له:
- اخرج بهذه الحيلة، ولا يشغلك أمري.
فلمَّا سمع غانم كلامها، وما أشارت عليه به، خرج من بينهم وهو يحمل القِدر، ونجا من بأسهم بصفاء نيته.. فلما وصل الوزير جعفر إلى ناحية الدار ترجَّل عن حِصانه، ودخلها، ونظر إلى قوت القلوب، وقد تزينت، وملأت صندوقًا ذهبًا، ومَصاغًا، وجواهرَ، وتحفًا، وكل ما غلا ثمنه؛ فلما رأته هبَّت واقفةً، وقبَّلت الأرض بين يديه..
فلما رأى جعفر ذلك قال لها:
- واللهِ يا سيدتي إن السلطان أوصاني بالقبض على غانم بن أيوب.
فقالت:
- لقد حزم أمتعته، وذهب إلى دمشق، ولا علم لي به، وأريد منك أن تحفظ لي هذا الصندوق، وتحمله إلى قصر السلطان.
فقال جعفر:
- السمع والطاعة.

4

ثم أخذ جعفر الصندوق وأمر بحمله، وتوجهوا وقوت القلوب معهم، إلى القصر وهي مُعززة مُكرمة، وكان هذا بعد أن نهبوا دار غانم، ثم توجهوا إلى السلطان فحكى له جعفر كل ما جرى؛ فأمر لها بمكان مظلم، وأسكنها فيه، وألزم بها عجوزًا لقضاء حوائجها؛ لأنه ظن أن غانم بن أيوب فحش بها، ثم كتب مكتوبًا للأمير محمد بن سليمان الزيني، وكان نائبًا في دمشق، كان مضمونه:

- ساعة وصول المكتوب إلى يديك تقبض على غانم بن أيوب، وترسله إليَّ.

فلما وصل المرسوم إليه قبَّله ووضعه على رأسه، وأرسل رجاله إلى دار غانم بن أيوب؛ فوجدوا أمَّه وأخته قد صنعتا لهما قبرًا، وجلستا عنده تبكيان؛ فقبضوا عليهما، ولم تعلما ما الخبر.. فلما أحضروهما لدى الأمير سألهما عن غانم فقالتا له:

- منذ سنة ونحن لا نعلم عنه شيئًا.

فردوهما إلى مكانهما، وهذا ما كان من أمرهما. أمَّا غانم بن أيوب فإنه لمَّا سُلبت نعمته أخذ يبكي على حاله حتى انفطر قلبه، وظل سائرًا حتى جنَّ عليه الليل، وقد أنهكه الجوع، وأجهده السير حتى وصل إلى بلدة فدخل مسجدًا، وارتمى به وقد خفق قلبه من فرط الجوع، وأصبح جلده مرتعًا للقُمَّل، وصارت رائحته مُنتنة، وتغيرت أحواله، فأتى أهل هذه البلدة ليصلوا الفجر؛ فوجدوه طريحًا واهنًا، وعليه آثار النعمة، فلما أقبلوا عليه وجدوه بردانَ جائعًا؛ فألبسوه ثوبًا عتيقًا أكل عليه الزمن وشرب، وقالوا له:

- من أين أنت يا غريب؟

ففتح عينيه، ونظر إليهم، وبكى، ولم يرد.. ثم أحس أحدهم بشدة جوعه فذهب وجاء له بقربة عسل ورغيفين فأكل، وجلسوا عنده حتى أشرقت الشمس، ثم انصرفوا لأشغالهم، ولم يزل على هذه الحال شهرًا وهو عندهم، وقد اشتد به الوهن والمرض؛ فتشاوروا بينهم في أمره، ثم اتفقوا على أن يوصلوه إلى مارستان بغداد.. فبينما هم كذلك إذا بامرأتين سائلتين قد دخلتا عليه هما أمه وأخته، فلما رآهما أعطاهما الخبز الذي عند رأسه، ونامتا عنده تلك الليلة، ولم يعرفهما.. وفي اليوم التالي جاءه أهل القرية، وأحضروا له جَملًا، وقالوا لصاحبه:

- احمل هذا الضعيف فوق الجَمل؛ فإذا وصلت إلى بغداد فأنزله على باب المارستان؛ لعله يتعافى فتنال الأجر؛

فقال لهم:

- السمع والطاعة..

ثم أخرجوه من المسجد، وحملوه بالبرش الذي كان نائمًا عليه فوق الجَمل، وجاءت أمه وأخته يتفرجان عليه من بين جموع المتفرجين، ولم تعلما به، ثم نظرتا إليه وتأملتاه، وقالتا:

- إنه يشبه غانمًا ابننا، فيا تُرَى؛ هل هو هذا الضعيف أم لا؟

أمَّا غانم فلم يفِق إلا وهو محمول فوق الجَمل؛ فأخذ يبكي وينوح، وأهل القرية ينظرون، وأمه وأخته تبكيان عليه ولم تعرفانِه، ثم سافرتا حتى وصلتا إلى بغداد.. وأما الجمَّال فإنه لم يزل سائرًا به حتى أنزله على باب المارستان، وأخذ جَمله وعاد من حيث أتى؛ فمكث غانم راقدًا هناك حتى تنفَّس الصبح؛ فلما درج الناسُ في الطريق نظروا إليه، وقد صار رق الخِلال، ولم يزل الناس يتفرجون عليه حتى جاء شيخ السوق وحجبهم عنه، وقال:

- أنا أنال الجنة بهذا المسكين.

ثم أمر صبيانه بحمله إلى بيته، وفرش له فرشًا جديدًا، ووضع له وسادة جديدة، وقال لزوجته:

- اخدميه.

فقالت:

- بكل سرور..

ثم تشمرت وسخنت له ماء، وغسلت يديه، ورجليه، وبدنه، وألبسته ثوبًا نظيفًا، وسَقته، ورشت عليه ماءَ وردٍ فاستفاق، وتذكر محبوبته قوت القلوب فزاد كربه، وهذا ما كان من أمره..

5

أما ما كان من أمر قوت القلوب فإنه لمَّا غضب عليها السلطان وأسكنها بمكان مظلم ظلت فيه على هذه الحال ثمانين يومًا.. وذات يوم مر السلطان على ذلك المكان المُوحِش فسمعها وهي تقول:

- يا حبيبي يا غانم، ما أحسنك! وما أعف نفسك! فقد أحسنت لمن أساء إليك، وحفظت حُرمة من انتهك حُرمتك وسترت حريمه، وهو سَبَاك وسَبَى أهلك، ولا بُدَّ أن تقف أنت والسلطان بين يدي حاكم عادل في يوم يكون فيه القاضي هو الله، والشهود هم الملائكة.

فلمَّا سمع كلامها علم أنها مظلومة؛ فدخل قصره، وأرسل الخادم ليحضرها؛ فلما حضرت بين يديه أطرقت وهي باكية العين حزينة الفؤاد، فقال:

- يا قوت القلوب، أراكِ تتظلمين مني، وتزعمين أنني أسأت لمن أحسن إليَّ؛ فمن ذا الذي حفظ حُرمتي وانتهكت حرمته وستر حريمي وسبيت حريمه؟

فقالت له:

- غانم بن أيوب؛ فإنه لم يقربني بفاحشة يا مولاي.

فقال:

- لا حول ولا قوة إلا بالله العلي العظيم.. يا قوت القلوب، تمني عليَّ بأي شيء..

قالت:

- تمنيت عليك أن أرى محبوبي غانم بن أيوب.

فلما سمع كلامها قال:

- أحضره إن شاء الله مُعززًا مُكرمًا.

فقالت:

- يا مولاي، إن أحضرته أتهبني له؟

فقال:

- إن أحضرته وهبتك هبة كريم لا يرجع في عطائه.

فقالت:

- مولاي، ائذَنْ لي أن أبحث عنه لعل الله يجمعني به مرة أخرى؟

فقال لها:

- افعلي ما بدا لك.

ففرحت وخرجت ومعها ألف دينار فزارت المشايخ، وتصدَّقت عنه، وذهبت في اليوم التالي إلى التجار، وأعطت شيخ السوق دراهم وقالت له:

- تصدَّق بها على الغُرباء.

ثم ذهبت في الجمعة التالية ومعها ألف دينار، ودخلت سوق الصاغة والجواهر، واستدعت شيخ السوق فحضر فدفعت له ألف دينار، وقالت له:

- تصدَّق بها على الغُرباء.

فقال لها الشيخ:

- أريدك أن تذهبي إلى داري وتنظري إلى هذا الشاب الغريب الذي يقيم ببيتي؟
وكان هو غانم بن أيوب، ولكن شيخ السوق لم يكن له به سابق معرفة، وكان يظن أنه رجل مسكين، مَدين، سُلبت نعمته أو عاشق فارق أحبته، فلما سمعت كلامه خفق قلبُها؛ فقالت له:
- أرسل معي من يدلني على دارك.
فأرسل معها صبيًّا صغيرًا فأوصلها إلى الدار التي فيها الغريب؛ فلما دخلت، وسلمت على زوجة الشيخ، قامت زوجته وقبَّلت الأرض بين يديها لأنها عرفتها؛ فقالت لها قوت القلوب:
- أين الضعيف الذي لديكم؟
فبكت، وقالت:
- ها هو يا سيدتي، إلا أنه ابن ناس، وعليه أثر النعمة.
فالتفتت إلى الفرش الراقد عليه، وتأملته فرأته كأنه هو بذاته، ولكنه قد تغير حاله، وزاد نحوله؛ فغمُض عليها أمره، ولم تتحقق منه، ولكن أخذتها الشفقة عليه فصارت تبكي، وتقول:
- إن الغرباء مساكين وإن كانوا أمراء في بلاده.
ثم جلست عند رأسه ساعة، ثم توجهت إلى قصرها، وأخذت تبحث عنه في كل سوق، ثم أتى الشيخ بأمه وأخته فُتنة، ودخل بهما على قوت القلوب، وقال:
- يا سيدة المُحسنات، قد دخل مدينتنا في هذا اليوم امرأة وبنت، وعليهما أثر النعمة، لكنهما ترتديانِ ثيابًا من الشعر، وعيونهما باكية، وقلباهما حزينان، وها أنا ذا قد أتيت بهما إليكِ لتأويهما وتصونيهما من ذُل السؤال؛ لأنهما لستا أهلًا لذلك، وإن شاء الله ندخل بسببهما الجنة.
فقالت:
- واللهِ يا سيدي لقد شوقتني إليهما، أين هما؟
فأمرهما بالدخول، وعند ذلك دخلت فُتنة وأمها؛ فلمَّا نظرتهما جميلتيْنِ بكت عليهما، وقالت:
- واللهِ إنهما بنات نعمة، ويبدو عليهما أثر الغِنَى..
فقال شيخ السوق:
- يا سيدتي، إننا نحب الفقراء والمساكين لننال الثواب، وهؤلاء ربما جار عليهم الظالمون، وسلبوا نعمتهم، وخرَّبوا ديارهم.
ثم بكت المرأتان بكاءً شديدًا، وفكرتا في غانم؛ فزاد نحيبهما.. فلما بكيتا بكت قوت القلوب لبكائهما، ثم إن أمَّه قالت:
- نسأل اللهَ أن يجمعنا بمن نريد، وهو ولدي غانم بن أيوب؛ فلما سمعت قوت القلوب كلامها علمت أن هذه المرأة أمُّ حبيبها، والأخرى أخته؛ فبكت هي حتى غُشي عليها، فلما أفاقت أقبلت عليهما، وقالت لهما:
- لا بأس عليكما؛ فهذا اليوم يوم سعادتكما فلا تحزنا.

ثم أمرت شيخ السوق بأن يأخذهما إلى بيته، ويجعل زوجته تُدخلهما الحمام، وتُلبسهما ثيابًا حسنةً، وتكرمهما غاية الكرم، وأعطته مالًا وفيرًا.
وفي اليوم التالي، ذهبت قوت القلوب إلى بيت الشيخ، ودخلت عند زوجته؛ فقامت إليها وقبلت يديها، وشكرت لها معروفها وإحسانها، ورأت أم غانم وأخته وقد أدخلتهما زوجة الشيخ الحمَّام، ونزعت ما عليهما من ثياب؛ فبدت عليهما آثار النعمة؛ فجلست تُحادثهما ساعة، ثم سألت قوت القلوب زوجة الشيخ عن المريض الذي لديها؛ فقالت:
- هو على حاله.
فقالت:
- هيا بنا نطل عليه ونعُدْ.
فقامت هي وزوجة الشيخ، وأم غانم وأخته، ودخلن عليه وجلسن عنده؛ فلمَّا سمعهن غانم يذكرن اسم قوت القلوب، وكان قد انتحل جسمه، ورق عظمه، رُدَّت إليه روحه، ورفع رأسه من فوق الوسادة، ونادى:
- يا قوت القلوب.
فنظرت إليه وتحققته فعرفته، وصاحت:
- نعم يا حبيبي.
فقال لها:
- اقتربي مني.
فقالت له:
- لعلك غانم.
فقال لها:
- نعم أنا بشحمه ولحمه.
وعند ذلك وقعت مغشيًّا عليها.
فلما سمعت أمه وأخته كلامهما صاحتا:
- وا فرحتاه!
ووقعتا مغشيًّا عليهما، ثم بعد ذلك استفاقتا؛ فقالت له قوت القلوب:
- الحمد لله الذي جمع شملنا بك وبأمك وأختك.
وتقدمت إليه وحكت له كل ما جرى لها مع السلطان، وقالت:
- لقد قلت له إنني أظهرت لك الحق يا سلطان فصدَّق كلامي ورضي عنكَ، وهو اليوم يتمنى أن يراك..
ثم قالت له:
- إن السلطان وهبني لك.
فغمرته السعادة؛ فقالت لهم قوت القلوب:
- لا تبرحوا مكانكم حتى أحضر.
ثم انطلقت إلى قصرها، وحملت الصندوق الذي أخذته من داره، وأخرجت منه دنانير، وأعطت الشيخ إياها، وقالت له:

- خذ هذه الدنانير واشترِ لكل شخص منهم أربعة أثواب من أحسن القُماش، وعشرين مِنديلًا، وغير ذلك مما يحتاجون إليه، ثم دخلت بهما وبغانم الحمام، وأمرت بغسلهم بأحسن العطور وبماء التفاح، وبعد أن خرجوا لبسوا أجمل الثياب، وأقامت عندهم ثلاثة أيام، وهي تطعمهم لحم الدجاج، وتسقيهم السكر المكرر، وبعد ثلاثة أيام ردت لهم أرواحهم وأدخلتهم الحمام مرة أخرى، وخرجوا وغيرت عليهم الثياب وتركتهم في بيت شيخ السوق، وذهبت إلى السلطان وقبلت الأرض بين يديه، وأعلمته بالقصة، وأنه قد حضر سيدها غانم بن أيوب، وكذلك أمه وأخته؛ فلمَّا سمع السلطان كلامها قال للخُدام:

- أحضروا إليَّ غانم الدمشقي.

فنزل جعفر إليه وكانت قوت القلوب قد سبقته ودخلت عليه، وقالت له:

- إن السلطان قد أرسل إليك ليُحضرك بين يديه؛ فعليك بفصاحة اللسان، وعذوبة الكلام.

وألبسته حُلة فاخرة، وأعطته دنانير كثيرة، وقالت له:

- أكثر البذل إلى حاشية السلطان.

وإذا بجعفر أقبل عليه وهو على بغلته، فقام غانم وقابله، وحيَّاه، وقبَّل الأرض بين يديه؛ فأخذه جعفر ولم يزالا سائريْنِ حتى دخلا على السلطان.. فلما حضرا بين يديه نظر إلى الوزراء، والأمراء، والحُجَّاب، والنواب، وذوي النفوذ.. وكان غانم فصيح اللسان، رقيق العبارة، رصين الكلام؛ فأحنى رأسه للأرض، ثم نظر إلى السلطان، وأنشد هذه الأبيات:

أفديك من ملك عظيم الشان ... متتابع الحسنات والإحسان
متوقد العزمات فياض الندى ... حدث عن الطوفان والنيران
لا يلجون بغيره من قيصر ... في ذا المقام وصاحب الإيوان
تضع الملوك على ثرى أعتابه ... عند السلام جواهر التيجان
حتى إذا شخصت له أبصارهم ... خروا لهيبته على الأذقان
ويفيدهم ذاك المقام مع الرضا ... رتب العلا وجلالة السلطان
ضاقت بعسكرك الفيافي والفلا ... فاضرب خيامك في ذرى كيوان
وأقري الكواكب بالمواكب محسنًا ... لشريف ذاك العالم الروحاني
وملكت شامخة الصياصي عنوة ... من حسن تدبير وثبت جنان
ونشرت عدلك في البسيطة كلها ... حتى استوى القاصي بها والداني

فلما فرغ من شعره تعجب السلطان من فصاحة لسانه، وعذوبة منطقه؛ فقال له:

- ادنُ مني.

فدنا، ثم قال له:

- أطلعني على حقيقتك.

فجلس وحدثه بما جرى له من أول الأمر لآخره؛ فلما علم السلطان صدقه قربه إليه، وقال:

- يا مولاي، إن العبد وما ملكت يداه لسيده.

ففرح السلطان بذلك، ثم أمر بأن يُبنى له قصر، فنقل أمه وأخته إليه.. وسمع السلطان بأن أخته آية في الجمال فخطبها منه، وقال له غانم:

- إنها جاريتك، وأنا مملوكك.

فشكره، وأعطاه مئة ألف دينار، وأتى بالقاضي والشهود، وكتبوا الكتاب.. فلما تنفس الصبح أمر السلطان بأن يؤرخ كل ما جرى لغانم، وأن يدوَّن في السجلات ليطلع عليه من يأتي بعده؛ فيتعجب من تصرفات الأقدار، ويفوض أمره إلى علام الغيوب، بارئ الليل والنهار.

www.ingramcontent.com/pod-product-compliance
Lightning Source LLC
Chambersburg PA
CBHW072048170626
46811CB00008B/3218